하늘이 시리게 푸르른 까닭

反詩시인선 016

하늘이 시리게 푸르른 까닭

윤상화 시집

시와반시

| 차례 |

제1부 비탈로 서서 보다

제3부 시간을 우물우물 씹고 있다

제1부

비탈로 서서 보다

달팽이의 집

나비가 햇살 속치마 들추는 걸
목련화 하늘 창문 열어놓은 틈으로 엿보던 곳

보슬비가 꿈꾸는 푸른 오솔길을 걸으면서
달이 밤마다 흘리는 그리움의 눈물을 보고
별들이 소곤거리는 이야기에 귀 기울여 듣고
벚꽃이 쓴 연서에 마음 빼앗겼던 곳

부드러운 안개의 가슴에 안겨보고
낙엽이 춤추는 영혼을 읽을 수 있는 곳

구름이 조각하는 손을 따뜻하게 잡아주고
바람이 히말라야 산맥을 넘어온 발을 닦아 준 이
슬이
먼 곳으로 여행 떠나는 길을 볼 수 있는

그곳, 달팽이집에서 달빛 독경 소리 들린다

은행나무 단풍잎

은행나무 단풍잎은
무슨 좋은 일이 있길래
허공의 골목길을
저리도
살랑살랑 춤추며 내려가는가?

은행나무 단풍잎은
뒤뜰에 숨은 이야기가
얼마나 비밀스런 이야기이길래
저렇게 소리 없이 다가가
가만히 귀 기울여
엿듣고 있는가?

비탈로 서서 보다

예순의 언덕 쓰레기 더미 옆 잡초 곁에 서서 본다.
저 넓은 바다거북 한 마리 떠오른다. 바람이 동안거에
들었다. 바지랑대 끝자락에서 졸고 있는 잠자리 눈으
로 본다. 30년 만에 거북 한 마리 저 넓은 바다 위로
떠오른다. 고요의 속살이 탱탱하다. 찔레꽃 비탈길에
비탈로 서서 본다. 고요와 적막 사이 거북 한 마리 저
넓은 바다 위에 3초 동안 머물다가 가뭇없이 사라진
다. 동안거를 끝낸 바람이 꺼억 꺽 허공을 우는 동안
나뭇잎 하나 거북이 등에 눈 깜짝 떨어진다.

행복의 집

행복의 집은
삶의 매 순간순간이 기적이며
무한한 축복이라는
감사의 황토 벽돌로 지은 집이다

단풍산

자, 이제
섬돌 밑 귀뚜라미 소리
가을 문을 열었으니
가슴 깊이 묻어둔
물레방아의 갈색 추억과
지워지지 않는
노오란 그리움과
못다 핀 붉은 사랑아
일제히,
닫힌 기억의 문을 박차고 나가
가슴 터지도록 소리 지르자

온 산이 신열을 앓도록

봄의 잠을 누가 깨우는가?

지구 심장에서 걸어온
옹달샘물이 홍매화 발끝에서
겨울잠을 자고 있는
봄의 발바닥을 간질인다

우물물이
수양버들 실뿌리에서 잠자고 있는
봄의 코털을 간질인다

샘물이
시냇가에서 빨래하는
봄 처녀 손끝에서 놀고 있는
봄의 귓불을 간질인다

달에서 온 편지

그리움이 그리우니까
그리움이다

가끔 고개를 들어
보름달을 바라보는 것은
그리움이 그립기 때문이다

고요한 산사의 풍경소리는
그리운 얼굴을 그리워한다

5월 어느 날 오후,
빨간 우체통을 넋 잃고 바라보는 것은
그리움이 목마르기 때문이다

늦여름, 저녁놀 속으로 덜커덩거리는
완행열차를 기다리는 것은
추억의 풍경이 그립기 때문이다

갈바람도 잠자는 동구 밖 모퉁이 길을
멍하니 바라보는 것은
그리운 사람이 그립기 때문이다

그리움이 그리운 것은
그리움의 바다가 그립기 때문이다

그리움이 그리우니까
그리움이다

무겁제?

환갑 지난 손자
산 너머 무밭에 나간
백 살 할머니를 업고
들길 따라가는데

할머니
가을바람에 던지는
법어 한 마디
"무겁제?"

따뜻하다

어느 날 친구가
이런저런 이야길 하면서
나무를 보고 "얘는 이렇고
제는 저렇고"라고 말하는 순간
아, 이 친구가 시인이 아닌가?

친구 이야기를 듣고 난 후,
사람들의 이야기에
자세히 귀 기울여 들어보니
여기저기서 사람들이
그렇게 이야기하고 있다

세상 여기저기가
양지바른 잔디밭처럼
따뜻하다

까치밥 홍시

황사가 하늘눈을 가려도 오월의 둥지에선 병아리 부리 같은 감꽃이 팝콘 터지듯 터졌습니다.

우리 누이 백일도 지나지 못하고 나비 따라가고, 양부모 학대로 아지랑이 따라 간 아이 소식에 감꽃들 며칠 밤을 뒤척이며 몸살을 앓더니 결국 몇몇은 신열로 그만 떨어지고 말았습니다.

열한 살 아이가 비 그친 징검다리에서 놀다 시냇물 따라 바다로 가듯 겨우 세상에 얼굴 내민 땡감도 간밤의 비바람에 아이 손잡고 바다로 갔습니다.

상상도 못한 화마가 아침 일찍 일터로 출근하던 지하철을 순식간에 통째로 삼켜버리고, 새벽부터 일터로 갔다가 버스 타고 집으로 돌아오다 철거 건물이 덮쳐 황망하게 하늘로 가는 길에 붉게 익은 튼실한 감도 마른하늘에 날벼락 맞듯 속절없이 뚝 뚝 뚝 떨어졌습니다.

코로나에서 해방되려고 얀센 백신 맞은 서른세 살 청년 삼일 만에 하늘로 떠나고 코로나 전쟁 끝내려고 백신 맞은 오십 대 의사가 갑작스럽게 먼 길 떠난 날 탐스럽게 익은 대봉도 예고 없이 영문도 모르고 떨어졌습니다.

허나, 저 무연대비無緣大悲 홍시는 먼저 간 감들의 유서를 부여잡고 폭설에 맨발로 찾아올 까치를 질기게 기다리며 저녁노을의 심장으로 매달려있네요

목련화

봄바람 목련과 밤마다
달빛 침실에서 사랑 나누네

봄바람 목련 살랑살랑 애무하니
물오르고 불붙어
몸 점점 달아오르고 뒤틀려
온몸에 솜털 송송 돋아나네

몸이 점점 뜨거워
탱글탱글한 유두 살짝 밀어올리고
바람의 달콤한 입술 온몸 애무하니
몸 한껏 부풀어 오르더니
온몸 하얗게 활활 타올라
하늘 활짝 열리는 순간, 메마른 가슴으로
뚝뚝 뚝 떨어지는 별들의 눈물에
초록 잠들 화들짝 깨어나네

웅성웅성 거린다

강둑을 걷던 사람들이 다리 밑으로 몰려들어 웅성웅성 거린다. 예고도 없이 갑작스럽게 봇물이 빠져나가 다리 밑 웅덩이에 갇힌 물고기들이 당황해서 어찌할 바를 몰라 우왕좌왕하고 있다. 황당한 처지를 당하고 발만 동동 구르는 것을 다만 지켜만 보고 있을 따름이다. 지나가는 바람도 그냥 스쳐 지나가고 나무 위 까치도 자주 본 풍경처럼 무심히 까악 까악거리며 날아갔다. 힘이 센 몇몇 친구들은 물이 완전히 마르기 전에 죽을힘을 다해 거슬러 올라갔으나 힘이 없는 눈이 큰 친구들은 마냥 하늘만 쳐다보고 눈물만 흘리고 있지는 않을까? 궁금증이 온 밤을 뒤척인다.

절벽을 읽는다

허리 디스크로 좌골이 쿡쿡 쑤시고
종아리는 감각이 없고
발바닥은 바늘로 콕콕 찌르는 고통에
삶이 완전히 절벽이 되었다

절벽을 무너뜨리려고 신천으로 갔다
신천에는 밤낮을 가리지 않고
절벽들이 삐거덕거리며 걷고 있다

삼십 대의 시퍼런 청춘은
왼다리를 질질 끌고
십 미터를 겨우겨우 걸어가는
저 절벽은 얼마나 높을까?

사십 대 젊은이는
고개를 완전히 젖히고
전동차에 누워서 가는

저 절벽은 또 얼마나 까마득할까?

초등학생 같은 노부부
꼬부라진 허리로 바람에 날릴 듯
가벼운 몸을 서로 기대어
나란히 손잡고 비틀비틀
넘어질 듯 넘어질 듯 걸어가는
저 발걸음은 피눈물 나는 절벽을
얼마나 많이 짊어지고 가는가

저마다 높이가 다른 절벽을 짊어지고
신천의 물처럼 푸른 바다를 그리며
피 멍든 한을 가슴 깊이 꾹꾹 절여 넣고
말없이 터벅터벅 걸어간다

코로나 선생의 가르침

온 가족이 코로나 전쟁터에서
무사히 하루하루 보낼 수 있다는 것이
얼마나 다행스럽고 감사한 일인지
코로나 선생께서 가르쳐 주셨네

따사로운 아침 햇살 손길을
날마다 맞이할 수 있다는 것이
대단한 축복이라는 것을

다정한 친구와 옛 찻집에서
따뜻한 커필 편안하게 마실 수 있는
평범하고 소소한 일상이
아주 소중한 일이라는 것을

벚꽃과 목련화가 보고플 때면
마음 따라 떠날 수 있다는 것이
얼마나 멋진 선물인지를

25시간 보고도 보고 싶은 손자가
귀엽고 앙증맞게 노는 모습을
언제라도 볼 수 있다는 것이
얼마나 값진 행복인지를

수십억 년의 그리움을 길러온 달과
먼저 간 그리운 영혼들의 밝은 별을
밤마다 바라볼 수 있다는 것이
얼마나 크나큰 행운인지를

삶의 매 순간순간이 기적이며
무한한 축복이라는 귀중한 깨달음을
코로나19 선생께서 가르쳐 주셨네

제2부

이슬의 눈빛

파도는 슬픔의 몸이다

파도는 슬픔의 시린 목소리다.
파도는 검은 슬픔을 한가득 안고 하염없이 울부짖
는다

파도는 임진왜란 때 저 별로 간 아제와
어린 자식의 아린 피로 찰싹 거린다

파도는 세월호의 못다 핀 연둣빛 울음이 윤슬로 반
짝이고
파도는 탈북으로 난파된 북한 동포의
차가운 가슴으로 철퍼덕거리고, 지난여름 폭우로
떠내려간
소와 돼지의 질긴 울음으로 출렁인다

파도는 밥줄 따라 바다로 간 아버지의
한 맺힌 죽음으로 허우적거리고, 최저임금으로 파
산된 절벽이

바다로 뛰어든 캄캄한 절망으로 흰 피를 토해내고

- - - - - -

- - - - -

- - -

파도는 슬픔으로 피 멍든 엄마의 엄마, 엄마엄마
엄마의 푸른 울음으로 쉼 없이 울부짖는다

슬픔이 파도의 몸이란 것을 모르는 사람은
벼랑으로 떨어진 슬픔의 뼈를 만져보지 못한 사람
이다

청포도

여름 내내
절인 햇살 한 송일 먹는다

개미의 땀을 살갑게 닦아주는
산들바람 한 송일 먹는다

지난밤 은하수로 흐른 이슬의
달콤한 이야기 한 송일 먹는다

엄마 가슴으로 건져 올린
애잔한 눈물 한 송일 먹는다

구릿빛 얼굴로 빛나는
따뜻한 손길 한 송일 먹는다

바람에 흔들린 별들과
등 굽은 당나귀의 그림자 한 송일 먹는다

제발 입맛 좋으로 살지 마라

부탁이다

제발 좀

왜 그랬을까?

왜 그랬을까?

내 생각에만 사로잡혀

조그마한 일과 사심에 집착하여

남을 비난하고 욕하고

할퀴고 헤집고 못살게 굴어

숨도 제대로 쉬지 못하게 옥죄어

마음은 너덜너덜해지고 남은 것은

피투성이 상처뿐이다

왜 그랬을까?

눈을 크게 뜨고 조금만 더

주위를 넓고 높게 바라보고

이해하고 사랑했더라면

즐겁게 웃으면서 살아갈 수 있었을 텐데

이제 와서 땅을 치고 후회한들

무슨 소용이 있겠는가?

해는 서산으로 지고 있는데
더 늦기 전에 위로하고
따뜻하고 정겨운 말이라도 건네면
상처가 조금이라도 치유될 수 있을까?

지난날 걸어온 길이 너무나 험하고 거칠어
이 세상의 그 어떤 묘약도
아무 소용이 없겠지

아, 겨울비를 흠뻑 맞으며
하염없이 걷고 싶다
시간을 되돌릴 수 있다면
정말로 되돌리고 싶다

남은 시간이 얼마 남지 않았지만
순간순간을 소중히 살아가면서
온 정성을 다해 이해하고 칭찬하고

사랑의 눈빛으로

아프고 쓰라린 상처를 어루만져 주면

소풍 끝나는 날

가벼운 발걸음으로 강을 건널 수 있을까?

그곳으로 가고 싶다

입속에 날카로운 칼이 살고 있다
칼은 조금만 거슬려도 망나니처럼 날뛴다.
언제 어디서나 마구 칼을 빼든다
가깝든 멀든 상관하지 않는다
한번 휘두르면
반드시 피를 봐야 직성이 풀린다.
온몸이 피투성이 상처투성이다
싸움이 없는 날이 없다 완전 전쟁터다
매 순간순간 칼바람 속에서 살아간다

자작나무 숲에서 숨바꼭질하는 햇살과
뒤꿈치가 하얀 바람 소리와
파란 새소리와 맨발의 물소리가 들리고
밤하늘엔 별들이 도란도란 얘기하는
그리운 내 고향 반딧불이 뛰어노는
그곳으로 가고 싶다

바보처럼 살았으면 좋겠네

잠시 왔다가는 인생
왜 이렇게 아웅다웅 살고 있을까
이래도 한 세상 저래도 한 세상
그저 너털웃음 웃으면서
바보처럼 살았으면 좋겠네

내가 잘 났네 네가 잘 났네 싸워봐야
남는 것은 마음의 상처뿐이었네
돌아보면 다 부질없는 짓인데
왜 그렇게 살았는지 후회뿐이네
이리 차여도 웃고 저리 차여도
허- 허- 너털웃음 웃으며
바보처럼 살았으면 좋겠네

가족들이 하나 둘 씩씩하게 일어나
일터로 나가는 골목길에
행복은 따뜻한 햇살을 펼쳐준다

거짓말

아파트값이 꿈틀꿈틀 거린다
우리 아파트도 덩달아 춤을 춘다
온 시내 아파트들이 들썩들썩한다
이건 강남에서 불던 바람이
대구에도 찾아왔다

우리 아파트
정신을 못 차리고 춤을 춘다
적당히 춤을 추고 멈추라고 한다
다른 사람도 나머지 춤 구경을 해야지
끝도 모르고 춤추다가
자기도 모르게 낭떠러지로 떨어진다

과연 이게 가능할까

차이

로켓과 미사일은
다 같이 공중을 향해 날아간다

허나, 로켓은 직선으로 쏘아 올려
우주의 푸른 꿈을 향해 날아가지만

미사일은 대각선으로 쏘아 올려
명중시킬 지상의 목표물을 향해 날아간다

단풍

단풍은 세월의 검은 강을 건너 온
죽음이 그린 수채화다

백두에서 한라로 흘러가는 물결은
전쟁 통에 이름 없이 죽은 영혼이
가을로 도착한 갈색 편지다

붉은 단풍은 임란을 거쳐 6.25 고개를 넘어온
할머니의 등 굽은 세월의 무늬다

은행나무 단풍은
돌도 지나지 못하고 하늘로 간
누이의 해맑은 얼굴이다

느티나무 단풍은 옆집
뇌성마비 아이를 보살펴 준 아제의 손짓이다

떡갈나무 단풍은 가난의 멍에를 지고도
비틀거리지 않고 걸어온 아리랑이다

굴참나무 단풍은 밥도 먹지 못한
미숙일 데려다 키운 할배의 저녁노을이다

마음을 붉게 물들이고 있는 단풍은
한 생을 울부짖는
매미의 목메임으로 그리는 풍경화다

가을 하늘은 피멍 든 죽음으로 핀 꽃이다

가을 하늘은 울 엄마 봄 햇살 따라 간
푸른 눈물의 기도이며
내 동생 이름도 없이 나비 따라 먼 길 떠난
아픈 발자국이다

해맑은 하늘은 지난여름 목 놓아 울던
매미 울음소리와 폭염의 무덤이며
가뭄으로 타들어 간 봉숭아와 달팽이의 유서다

새파란 하늘은 세월호에 갇힌 영혼의
한 맺힌 원한의 꽃이며
푸른 하늘은 사라호 태풍과 함께 떠난
아버지의 등 굽은 한숨소리다

청명한 하늘은 임진왜란 때 영문도 모르고 죽은
무명천 이슬의 뜨거운 눈물이며
차가운 하늘은 염색공장 시위대 흰 피 흘리며

검은 골짜기로 간 환한 발걸음의 헌시다

가을 하늘이 저렇게 시리도록 푸른 까닭은
잊혀진 어제의 저린 통한이
피 멍든 죽음으로 핀 꽃이기 때문이다

수양버들

연둣빛 봄날
우리 누나
봄바람에
가지런히 빗은 단발머리
살랑살랑 날리며
환하게 미소 짓는 얼굴로
저만치 홀로 서서
물오른 봄 산을 바라보네

겨울 장미꽃

현기증 나는 12월
뿌연 먼지에 휘말려
정신 줄 놓고
잠시 따뜻한 정 준다고
고향도 잊은 채
그리 쉽게 마음 내어준
파리한 너의 모습에
파란 하늘 따사로운 햇살 한 자락
살포시 덮어준다

있나요?

그대, 지렁이의 울음소리에
귀 기울여 본 적 있나요?

그대, 가로수의 가슴 앓이에
동행해 본 적 있나요?

그대, 민들레의 질긴 신음 소리에
가슴 내여 준 적 있나요?

그대, 낙엽 떨어지는 이별
마음으로 보듬어 준 적 있나요?

그대, 짓밟힌 잡초의 쓰라린 가슴
손잡아 준 적 있나요?

그대, 난초 꽃 떨어지는 소리
읽어본 적 있나요?

그대, 햇살과 속삭이는 봄바람 미소
만져본 적 있나요?

그대, 우리 할머니 걸어온 깊은 속
깊이를 젤 수 있나요?

까치로 날아간 아버지

아버지 화장을 마치고
하늘길 쳐다보다가
화장장 지붕에서
한 마리 까치가 날아가는 걸 봤다

허리 디스크로 한의원 가는
병원 앞 전깃줄에
까치 한 마리 앉아 있다

성당 가는 소나무 길에
까치가 까악 까악거리며
걱정 마라 걱정 마라 한다

우리 집 뒷마당 단풍나무에
언제나 까치가 앉아 있다
왜 내 곁을 떠나지 못할까

경계, 그리고 순간

염색한 머리를 감는다.

난 염색약이 눈에 들어간다고
욕조에서 머리를 감으려 하고
아내는 청소하는 것이 번거로워
화장실 바닥에서 머리를 감으라 한다

순간, 말과 말 사이가 팽팽하게
이해의 계산들이
재빠르게 움직이고 있다

일순간, 30년 쌓인 시간의 겹들이
염색으로 빛깔을 잃은 건가,
둔탁한 공기에 밖으로 밀려난 건가
아님, 일시에 확 달아난 건가

밑바닥 깊숙이 고여 있던 물줄기

솟아나듯 그렇게 분출한 걸까?
아님, 스쳐가는 바람
나뭇가지 흔들 듯
장난기 어린 바람인가?

아내는 엄마 손 닮은 거친 손으로
내 머리를 따뜻하게 감겨준다

정, 아니 애착

신천에서 운동을 하다가
잠시 누진 다초점 안경을 벗어놓고
의자에 앉아 쉬었다

일어나 한참을 걷다가
뭔가 허전하여 눈을 만져보니
안경을 의자에 놓고 왔다는 걸 안 순간,

호주머니에 늘 있어야 할
지갑이 없어졌을 때와 같이
가슴이 철렁하고 머리가 찡했다

십여 연간 함께 살아온 세월의 정이
나도 모르게
내 몸의 한 부분이 되었단 말인가
아니면, 다시는 볼 수 없다는 생각이
그렇게 안타깝고 섭섭했단 말인가

신천을 걸을 때마다
안경이 절실히 필요한 어르신이
요긴하게 세상을 볼 수 있기를 바라지만
옛 연인의 추억이 되살아나듯
가슴에 남겨둔 안경의 발자국이
자꾸만 꿈틀거린다

가을 여정

가을의 끝자락에
가슴 따뜻한 사람들과
남해로 가을 여행을 떠난다.

따사로운 햇살과 포근한 날씨도
기꺼이 동행을 한다.
바람은 오랜만에 멀리 외출을 하고
봄이 가을 집에 잠시 놀러와
가을 바다 온종일 노곤한 잠을 잔다.

가을 산은
비바람에 멍든 떡갈나무의 쓰라림과
자작나무에 걸린 보름달 속내와
붉게 사랑해 온 단풍나무 마음 꽃을
힘껏 밀어 올린다.

가슴 따뜻한 사람들과 여행을 떠나니

잘 익은 가을이 동행을 하네.

단풍 드는 나의 가을 여정

함부로 봄을 얘기하지 마라

눈보라 속에 핀 매화가 걸어온 길이
쓰라린 상처라는 걸 보지 못한 사람은
함부로 봄을 얘기하지 마라

아카시아 향기의 은은한 미소에
온 밤을 하얗게 뒤척인 적 없는 사람은
봄을 함부로 얘기하지 마라

저만치서 다가와 코끝을 찡하게 하는
찔레꽃 향기가 꽃길 따라 먼 길 떠난
애절한 사랑이라는 걸 알지 못하는 사람은
함부로 봄을 얘기하지 마라

목련화 꽃잎의 갑작스런 이별이
봄의 붉은 눈물이라는 걸 읽지 못한 사람은
봄을 함부로 얘기하지 마라

라일락 향기가 우주의 속살이라는 걸
알지 못하는 사람은
함부로 봄을 얘기하지 마라

버선 양말의 반란

버선 양말을 신고 걸었다
양말이 왠지 오늘따라
뒤쪽이 자꾸만 벗겨진다

신을 벗고 자세히 살펴보니
양말을 뒤집어 신은 줄도 모르고
왜 자꾸 화를 내고 발버둥 치는지
원망하고 나무랐다

아무리 한 평생 밟히며 살아가는
밑바닥 인생일지라도
속이 뒤집히면
한 번쯤은
확 들이받는다

걸음걸이

신천에서 걷기 운동을 한다
걷기가 건강에 좋다는 소문이
온 동네에 퍼진 것 같다

이십 대 청년은 왼발을
완전 바깥으로 벌려서 걸어가고
삼십 대는 왼쪽으로 약간 벌려 걸어가고
사십 대는 양팔을 휘저으면서 걸어가고
오십 대는 허리를 뒤로 젖혀서 걸어가고
육십 대는 고개를 숙이고 걸어간다

간혹 아랫배를 집어놓고 턱은 조금 당기고
눈은 정면 위를 보고
걸어가는 사람도 있다

허나, 다들 자기가 바른 자세로
멋있게 걸어가는 줄 알고
부지런히 걸어가고 있다

제발, 더 늦기 전에

지난날 지은 죄가 얼마나 크길래
걸을 때마다 바늘로 다리를
콕콕 찌르는 아픔의 멍에를 지고
연옥에서 살고 있을까?

아니, 황혼의 길목에서도
뉘우침은커녕
욕심의 끈을 조금도 놓지 못하니
연옥의 구덩이에 빠졌겠지

지옥 같은 고통 속에 살면서도
부질없는 욕심의 수렁에서 헤어나지 못하니
얼마나 더 깊은 연옥으로 빠져야
정신을 차릴 수 있을까?

제발, 더 늦기 전에
헛된 욕심과 악의 굴레에서 벗어나

이 세상 올 때 받은 그 마음으로 돌아가
편안하게 저세상으로 돌아갔으면 좋겠네

행복의 처소

행복은 파란 하늘을 맑은 눈으로 바라보는
이슬의 창문에 살고 있다

행복은 마음의 고향 텃밭을 일구는
시가 숨 쉬는 골목길로 동행한다

스치는 바람에 살아있음을 느낄 수 있는
달팽이 친구의 숲으로 행복이 뒹군다

행복은 민들레 꽃을 따스운 마음으로 바라보는
바람의 길목에서 서성인다

행복은 푸른 하늘로 걸어가는
개똥벌레의 집에서 놀고 있다

행복은 봉창으로 들려오는 굴뚝새의 이야길 들을
수 있는

귀뚜라미 가슴에서 뛰어논다

행복은 개미와매미와나비와멧새와지렁이와도롱뇽과
정답게 손잡고 걸어가는 따뜻한 오솔길로 거닌다

시간을 우물우물 씹고 있다

어느 가을날 오후
백발노인이
공원 벤치에 홀로 앉아
텅 빈 생각을
허공에 던져놓고
스치는 바람과
따뜻한 햇살을 지그시 읽으며
한가롭게 걸어가는 시간을
우물우물 씹고 있다

낙엽

낙엽이 저리도 가슴을 붉게 물들일 수 있는 건
지난날의 저린 아픔이 꽃으로 피었기 때문이다

낙엽이 저리도 편안하게 떠날 수 있는 건
걸어온 길이 환하게 비쳐주기 때문이다

낙엽이 저리도 발걸음이 가벼운 것은
서산에 붉게 물든 저녁노을로 가기 때문이다

낙엽이 저리도 쉽게 제 자리로 돌아갈 수 있는 건
마음의 비곗덩어릴 한 점 없이 비워냈기 때문이다

낙엽은 바람과 어떻게 저리도 정겹게 뒹굴 수 있을까
그건 태고의 바람 숨소릴 알고 있기 때문이다

낙엽 타는 냄새가 저리도 향기로운 건
걸음마다 바친 절절한 기도가 타고 있기 때문이다

사랑은 잘 익은 서정시다

사랑은 잘 익은 서정시다
사랑은 울 집 홍시의 속살이다
사랑은 갈바람 같은 갈색 시다

사랑은 노란 단풍으로 물든 은행나무의 실핏줄이다
사랑은 파란 하늘 흰 구름의 고향이다
사랑은 봄의 동산으로 떨어지는 한 송이 목련화의
눈물이다

사랑은 서툰 몸짓도 아름답게 바라보는
따뜻한 눈빛의 뒤뜰에 있다
사소한 일도 오래오래 기억될 추억의 책갈피에 있다
나를 생각하기보다 너를 먼저 생각하는 파랑새의
날갯짓이다
사랑은 애틋한 정성으로 일군 텃밭의 사과나무다

사랑은 바다 같은 마음으로

별빛같이 바라보는 눈망울의 샘이다

외로워하지 마라

외로워하지 마라
외로움은
마음의 난파선이다

외로워하지 마라
외로운 것은
그리움의 갈증이다

외로워하지 마라
외로운 것은
엄마를 부르는 목메임이다

외로워하지 마라
사람이니까
외로운 것이다*

외로워하지 마라

외로움은
보랏빛 사랑 꽃피우는
내 몸의 신열이다

*정호승의 시 「수선화에게」에서 인용

텃밭

우리 할머니
아무도 눈길 주지 않는 아파트 옆 공터와
언제부턴가 눈빛 마주쳤습니다

모난 돌멩이 캐내 울타리 두르고
고향 텃밭 하나 일구었습니다

전복 껍질 같은 할머니 손
세월의 강 건너온 마음으로
따뜻한 땅을 가꾸었습니다

지난날의 눈물과
지난날의 그림자와
지난날의 그리움과
지난날의 발자국을 심었습니다

텃밭에 봄부터 소쩍새 울음 찾아들고

맑은 햇살과 바람이 손잡고 도란도란 놀며
할머니 미소를 싹 틔웠습니다

할머니 옛이야기 피어나는 텃밭에
봄에서 초여름으로 가는
하늘 한 자락
환한 얼굴로 내려옵니다

팔딱 팔딱거립니다

시간의 발자국은 내 가슴에서 오래 산 적이 없습
니다
가슴 벽은 얼굴도 손도 아무것도 없는 백지
하얀 기억만이 독방에서 홀로 살고 있습니다

따듯한 가슴도 숨소리도 체온도 사랑스런 눈빛도
그 무엇도 가슴엔 남아있지 않습니다
어떻게 그렇게까지 말끔히 가지고 가셨습니까?
아니 가시다가 너무 어려 도저히 그냥 떠날 수 없
어 백일도 지나지 않은 누이도 데리고 가셨습니까?

허나 색동 장갑 한 조각만이 가뭇가뭇한 기억의 모
퉁이에서 아직도 숨을 활딱 활딱 쉬고 있는 것은 무
엇입니까?

보고 싶고 그리울 때면 이것저것 기억 조각과 이야
기라도 주고받을 텐데 쓸쓸한 눈빛으로 먼바다의 외

딴섬으로 둥둥 떠 있습니다.

이제 칠순의 언덕을 오르니 그리움이 점점 더 커져 무엇을 하든 무엇을 채우든 늘 가슴이 텅 비어 있는 건 무엇 때문입니까?

그리도 애타게 그립고 포근한 품에 한 번이라도 안겨보고 푼 절절한 마지막 소원이 가슴 밑바닥에서 팔딱 팔딱거립니다

제4부

천국, 어디에 있지?

잡초

하느님, 당신께서
이 몸을 메마른 땅에 보내주셨습니다
이름도 없는 불가촉천민*처럼

빛도 없고 물기 축축한 음지에서
추운 겨울을 보낸 적도
한두 해가 아니었습니다

포클레인에 찍혀
도로변 흙 속으로 내던질 순간
잠시 빛을 맛보아
천국을 얻은 것 같았으나
그것도 잠시
콘크리트 밑으로 깔려
30여 년의 암흑 세월을 보냈습니다

허나, 하느님에 대한 빛으로의 그리움은

한순간도 잊은 적이 없었습니다
그리움의 갈증이 아스팔트를 갈라놓았습니다

갈라진 아스팔트 사이로
그리움의 질긴 육질이
희망의 새싹을 세상으로 밀어 올렸습니다

지나가는 발걸음에 짓밟혀
단 하루도 온전히 살아갈 수 없을지언정
당신의 빛으로 향한 나의 목마름은
끝없이 타오릅니다

* '不可觸賤民'은 인도인의 생활을 규율해 온 카스트(4계급) 체제에도 속하지 않는 밑바닥 계급이며, '하리잔'이라고도 한다. 이들은 인도에서 도살, 청소, 이발, 세탁 등 가장 힘들고 어려운 일을 하고 있다

가지치기 1

하느님 저에게도
매년 가로수 가지치기 하듯
깔끔하게
가지치기를 해 주시옵소서

이런저런 바람에 흔들리며
한 평생 살아온 가지를
안전히 잘라 내어
세상을 읽을 수 있는 눈에
햇살 들게 하옵소서

얽히고설킨 가지와 잎을
말끔하게 잘라 내어
오래 묵은 흰 슬픔의 뼈와 푸른 생각이
싱싱한 꿈의 날개를 펼쳐
맑은 하늘을 읽을 수 있도록
빛을 주시옵소서

하느님 저에게도
비너스처럼
사랑과 평화와 감사의
몸통만 남기고
말끔하게 가지치기를 해 주시옵소서

가지치기 2

부활절이나 성탄절에 가지치기를 하든지
가로수처럼 일 년에 한 번쯤은
가지치기를 해야 하건만,
지금까지 한 번도 가지치기를 한 적이 없다

매일 잘라도 쑥쑥 자라는데
하늘 모르고 뻗어가는 욕심의 가지를
한 번도 자르지 못했다

그것만이 아니다
질투와 허황된 망상의 가지
아무 쓸데 없는 근심 걱정의 가지
시기와 질투 탐욕의 가지
그 어떤 가지도 한 번도 자르지 못했다

더 늦기 전에,
겨울 플라타너스 가로수 가지 자르듯

비너스처럼
가지치기를 하고 싶다

김을 매다

텃밭을 가꾸듯 마음 밭을 가꾼다
매주 텃밭의 김을 매듯
마음 밭 잡초를 뽑으러 성당엘 간다

지난주에 말끔하게 김을 매었는데
언제 김을 맸느냐는 듯
마음 밭에 또 잡초가 무성하다

밭을 매고 나면 돌아서서 잡초가 자라듯
고해성사를 보고 성당 문을 나서는 순간
마음 밭에 잡초가 여기저기서 돋아난다

잡초는 눈도 밝고 귀도 밝아
마음을 조금이라도 놓는 순간
친구를 데리고 마음 밭에
와르르 뛰어든다

날마다 절절한 기도의 손길로
마음 밭이랑 김을 알뜰살뜰 맨다
신심의 열매가 튼실히 익어가도록

난, 아직도

난, 아직도 알 수 없습니다
"서로 밥이 되어 주십시오.*"라는 말이
얼마나 순수한 것인지

난, 아직 알지 못합니다
건강하다는 말이
얼마나 행복한 것인지

아직도 난, 알 수 없습니다
감사하다는 말이
얼마나 따뜻한 것인지

아직 난, 알지 못합니다
"평화를 빕니다."라는 말이
얼마나 거룩한 뜻인지

아직도 난, 알 수 없습니다

사람이
꽃보다 아름답다는 의미를

난, 아직도 알지 못합니다.
"고맙습니다, 서로 사랑하세요.**"라는 말이
얼마나 고귀한 것인지

* 김수환 추기경님의 말씀
** 김수환 추기경님께서 돌아가시기 전에 하신 말씀

천국, 어디에 있지?

미친 하이에나에 쫓겨
정신 줄 놓고 도망가는
붉은 눈 토끼
잠시 달음질 멈추니
어릴 적 스쳐 지나간
할머니 말씀
불쑥 튀어나온다

"쇠똥 밭에 굴러도 이승이 좋테이"

나의 길

그 어떤 혹독한 폭풍우가
휘몰아칠지라도
오직, 하느님의 별만 바라보고
주님의 기도문을 부여잡고
성모송을 지팡이 삼아
동트는 새벽으로 뚜벅뚜벅
쉼 없이 걸어갈 거외다

주여 소풍 끝날 때까지
저와 함께 계시지 않으시면
한순간도 살아갈 수 없습니다

매 순간순간마다 함께해 주시기를
두 손 모아 간절히 기도드립니다

세상을 조금이라도 아름답고
따뜻하게 할 수 있게 해 주시옵소서

주님 홀로 영광 받으옵소서

행복은 이슬의 창문에 살고 있다

행복은 파란 하늘을 맑은 눈으로 바라보는
이슬의 창문에 살고 있다

행복은 텃밭을 일구는 손길과 동행하고
스치는 바람에 살아있음을 느낄 수 있는
달팽이 숲으로 뒹군다

행복은 민들레 꽃을 따스운 마음으로 바라보는
바람의 길목에서 서성이고
푸른 하늘을 꿈꾸는
개똥벌레의 집으로 가는 길섶에 있다

행복은 봉창으로 들려오는 굴뚝새의
이야기를 들을 수 있는 귀뚜라미 가슴에서 뛰논다

행복은 개미와매미와나비와맵새와지렁이와
도롱뇽과 손잡고 따뜻한 오솔길에 살고 있다

작은 소망

초등학교 앞 문방구
50년간 하루도 쉬지 않고
예불 드리듯
새벽에 일어나 문을 열고
저녁 늦게 문을 닫았다

할아버지 할머니
문방구 지키느라
그렇게 가보고 싶은
고개 넘어 송라시장도
한 번 가보지 못했다

코로나19로 문을 닫았으니
이제 늦잠도 실컷 자 보고
송라시장도 한 번 들러보고 싶다

그리운 친구들도 만나

추억의 그 옛날 다방에서
걸어온 길을 되돌아보며
차라도 한 잔 해야겠다

정겨운 꽃 피다

50년간 문 열었던
초등학교 앞 문방구
할아버지 떠난 지
1년 만에 코로나19로
문을 닫는다

문 닫는 소식에
문방구를 찾았던
초등학생과 졸업생들이
손주처럼 맞이한
할아버지 할머니를 못 잊어
감사의 꽃 편지를 보내왔다

할아버지 할머니 길가에
정겨운 꽃이 활짝 피고 있다

링거가 질기게 살아간다

나이 들수록
약 친구가 늘어난다.

절친한 친구 같은 고혈압 약과
몇 십 년을 같이 살아왔는데
칠순을 지나고 나니
하나 둘 친구가 새로 생긴다

눈에 모기가 왔다 갔다 하니
백내장 약 친구가 찾아오고
정신이 깜빡 깜빡하니
뇌 영양제 친구가 찾아왔다

어느 날 갑자기
새파랗게 질린 겨울 아침
첫눈 쓸다가 뇌출혈로 넘어져
의식도 없이 병상에 누워 계신 아버질 데리고
링거가 질기게 살아가고 있다

환갑 선물

환갑 날 아들들이
풍선 생화 꽃다발을
선물로 주었다

풍선엔
"다시 태어나도
아버지 어머니 아들로"라고
쓰여 있었다.

선물을 받는 순간
선물이 아니라
호되게 종아리를 내리치는
매서운 회초리였다

그놈의 회초리가
날마다 종아리를 내리친다.

회초리는 정신 차릴 때까지
전혀 놓을 생각이 없다

해설

조화로운 언어, 그 승화된 언어의 몸짓

이덕주(시인, 문학평론가)

1. 시적 지향과 본원의 탐색

윤상화 시인의 시는 꾸밈없고 진솔한 바탕에서 출발한다. 자신의 속내를 풀어내는 과정에서 시인은 자신이 인지한 대상에 대해 자신의 의도를 진정성 있게 펼쳐나간다. 그 형상화의 시적 공간에서 시인은 자신의 마음속 지향을 낱낱이 풀어내려 한다. 시인은 그곳에서 자신의 본향이 자리하고 있음을 시를 쓰면서 깨우친다. 그 때문에 시인의 시를 쓰는 행업은 자신의 본향을 찾아가는 숭고한 도전이 된다. 시인은 자신의 본원을 탐색하며 자신의 시를 연민의 대상으로 적극 옹호하며 자신의 시를 지키려 쉬지 않고 전진한다.

한 시대, 굴곡진 삶을 살아온 시인은 자기 체험에

근거하되 시적 대상과 내적 교류를 증진시키며 자신만이 본 시세계를 구현한다. 그 도정에서 시인은 자신에게 질문을 던지듯 자신의 가능성을 발굴하며 지나온 생을 적극 끌어안는다.

윤상화 시인은 이번 시집『하늘이 시리게 푸르른 까닭』에서 자신의 의지를 연민과 감성을 포용하며 자신이 설정한 시적 공간에 다양한 장면으로 재현시킨다. 시인의 내면에 서려있던 자신의 모습을 밖으로 돌출시켜 자신과 어울리게 시적 장면들로 재배치한다.

이처럼 시인이 그려내는 다양한 언어의 실행은 시인의 내면에 축적된 자신만의 비경을 보여주려는 강한 언어의 몸짓이다. 따라서 자신만의 언어를 탐색하고 자신만의 서정을 극대화하는 시인의 올곧은 시를 위한 시적 행위는 자신에게 생명성을 부여하는 시적 작업이다. 또한 이러한 행업은 시인이 지어내는 조화로운 언어이며 승화된 몸짓이다.

시적 흐름에서 시인 자신에 대한 애증이 내재하고 있음을 주시하며 그 내면의 대상에 대한 시적 지향과 열망을 살펴보려 한다. 시인의 회상과 성찰과 사유의 궤적을 탐색하며 나름 시인의 그려낸 꾸밈없고 진솔한 시세계를 추적한다.

2. 심미성의 발견과 조화

시인은 자신이 선정한 시적 대상에게 깊은 애정을 보낸다. 대상을 높여주고 의미를 살려낸다. 대상이 지닌 심미성을 발견하고 변별성을 앞세우려 한다. 대상과 조화를 이루며 대상에게 동질감도 지니게 한다. 시인의 시적 의도는 대상에 따라 그때마다 색다른 시적 장면을 생성해낸다.

나비가 햇살 속치마 들추는 걸
목련화 하늘 창문 열어놓은 틈으로 엿보던 곳

보슬비가 꿈꾸는 푸른 오솔길을 걸으면서
달이 밤마다 흘리는 그리움의 눈물을 보고
별들이 소곤거리는 이야기에 귀 기울여 듣고
벚꽃이 쓴 연서에 마음 빼앗겼던 곳

부드러운 안개의 가슴에 안겨보고
낙엽이 춤추는 영혼을 읽을 수 있는 곳

구름이 조각하는 손을 따뜻하게 잡아주고

바람이 히말라야 산맥을 넘어온 발을 닦아 준 이
슬이
　먼 곳으로 여행 떠나는 길을 볼 수 있는

　그곳, 달팽이집에서 달빛 독경 소리 들린다
　　　　　　　　　　－「달팽이의 집」전문

　'달팽이의 집'은 시인이 홀로 감내해 이상을 키우며
자신이 머물고 싶은 의지를 한껏 드러낸다. 자신이 설
정한 그 꿈의 공간인 '달팽이의 집'에서 시인은 자신
이 그동안 그려온 꿈의 실체를 구체화시킨다.

　"보슬비가 꿈꾸는 푸른 오솔길을 걸으면서/ 달이
밤마다 흘리는 그리움의 눈물을 보"고 있는 곳은 온
갖 서정과 그리움이 넘쳐나는 '달팽이의 집'이다. "별
들이 소곤거리는 이야기에 귀 기울여 듣고/ 벚꽃이
쓴 연서에 마음 빼앗겼던" 그곳 역시 시인만이 추억
해내고 소환해내는 추억의 장소다. 시인은 그곳 '달팽
이의 집'을 "낙엽이 춤추는 영혼을 읽을 수 있는 곳"
이라며 심미적이며 이상적인 장소로 미화한다.

　"먼 곳으로 여행 떠나는 길을 볼 수 있는" 가시적이
고 미래지향의 의지가 담겨있는 '달팽이의 집'은 따라

서 시인의 안식처 같은 처소이다. "달팽이집에서 달빛 독경 소리만이 들린다"고 시의 결미를 맺는 '그곳'에서 시인의 침묵의 깊이가 진중하게 읽혀진다. 따라서 '그곳'은 달관하듯 세상을 관조하는 시인 자신의 정신세계의 충만함을 실체화한 시적 공간인 것이다.

"고요와 적막 사이 거북 한 마리 저 넓은 바다 위에 3초 동안 머물다가 가뭇없이 사라진다."(「비탈로 서서 보다」)는 마음의 정경과 "기억의 문을 박차고 나가/ 가슴 터지도록 소리 지르자"(「단풍산」)는 다짐, "보름달을 바라보는 것은/ 그리움이 그립기 때문이다"(「달에서 온 편지」)라는 문면은 시인의 본래적 그리움을 형상화한다. 서정의 극적 전환과 소멸에 대한 아쉬움을 섬세하게 묘사하는 것이다.

허리 디스크로 좌골이 쿡쿡 쑤시고
종아리는 감각이 없고
발바닥은 바늘로 콕콕 찌르는 고통에
삶이 완전히 절벽이 되었다

절벽을 무너뜨리려고 신천으로 갔다
신천에는 밤낮을 가리지 않고

절벽들이 삐거덕거리며 걷고 있다

삼십 대의 시퍼런 청춘은
왼다리를 질질 끌고
십 미터를 겨우겨우 걸어가는
저 절벽은 얼마나 높을까?

사십 대 젊은이는
고개를 완전히 젖히고
전동차에 누워서 가는
저 절벽은 또 얼마나 까마득할까?

초등학생 같은 노부부
꼬부라진 허리로 바람에 날릴 듯
가벼운 몸을 서로 기대어
나란히 손잡고 비틀비틀
넘어질 듯 넘어질 듯 걸어가는
저 발걸음은 피눈물 나는 절벽을
얼마나 많이 짊어지고 가는가

저마다 높이가 다른 절벽을 짊어지고

신천의 물처럼 푸른 바다를 그리며

피 멍든 한을 가슴 깊이 꾹꾹 절여 넣고

말없이 터벅터벅 걸어간다

　　　　　　　　　　－「절벽을 읽는다」 전문

　시인은 "발바닥은 바늘로 콕콕 찌르는 고통에/ 삶이 완전히 절벽이 되었다"는 "사십 대 젊은이"로 자신을 치환시키며 절망에 휩싸여 있는 정황을 표출한다. "고개를 완전히 젖히고/ 전동차에 누워서 가는" '사십 대 젊은이'는 그야말로 '절벽'에 맞닿아 기진맥진, 무력한 형국이다. 시인이 말하는 '절벽', 그 한계 상황에 접해있는 것이다. 희망이 없어 보이는 "사십 대 젊은이"가 할 수 있는 마지막 단계는 '절벽'의 상징 즉 죽음으로까지 연결하려는 극한에 이르고 있음을 드러낸다.

　시인은 "초등학생 같은 노부부"에게 이제는 생의 막다른 '절벽'이 존재하고 있음을 감지한다. "넘어질 듯 넘어질 듯 걸어가는" 노부부의 비뚤어진 걸음에서 "피눈물 나는 절벽을/ 얼마나 많이 짊어지고 가는가"라며 그들 역시 '절벽'에 이르렀음을 주시한다. 절망의 한계를 극복하지 못하는 "사십대 젊은이"와 "초등

한 회상과 사유의 궤적을 진단하며 자신의 생에 대해 뒤늦게 방향 전환을 시도하려 한다. 시인이 원용한 성찰의 세계로 접어들고 자연의 순리를 점진적으로 수용한다고 할 수 있다.

아버지 화장을 마치고
하늘길 쳐다보다가
화장장 지붕에서
한 마리 까치가 날아가는 걸 봤다

허리 디스크로 한의원 가는
병원 앞 전깃줄에
까치 한 마리 앉아 있다

성당 가는 소나무 길에
까치가 까악 까악거리며
걱정 마라 걱정 마라 한다

우리 집 뒷마당 단풍나무에
언제나 까치가 앉아 있다
왜 내 곁을 떠나지 못할까

　시인은 돌아가신 아버지의 장례예식장 지붕에서
본 한 마리 까치를 예사롭게 보지 않는다. '까치 한 마
리'를 보며 이제 세상에 계시지 않는 아버지를 떠올리
고 '까치 한 마리'가 부재하는 아버지를 대신하고 있
다고 아버지를 연관 지어 의미를 부여한다.

　특히 시인이 "성당 가는 소나무 길에"서 만난 "까치
가 까악 까악거리며" 울어대는 소리를

　"걱정 마라 걱정 마라"라고 시인에게 말하면서 시
인을 안심시킨다고 여긴다. 까치의 우짖는 소리를
"걱정 마라 걱정 마라"라는 아버지의 말씀으로 받아
들인다. 시인은 환청을 일으킨 듯이 까치의 울음을
자신에게 보내는 아버지의 목소리로 확신하려 한다.
그만큼 아버지에 대한 시인의 애착은 각별해 보인다.

　그로 인해 시인은 자신의 집에 머물고 있는 까치
에 대해 돌아가신 아버지이기 때문에 떠나지 못한다
고 "왜 내 곁을 떠나지 못할까" 의문을 던진다. 역시
아버지에 대한 애정을 시인답게 시적으로 표현했다
고 할 수 있다.

　이러한 시인의 정서는 "가슴에 남겨둔 안경의 발자

국이/ 자꾸만 꿈틀거린다"(「정, 아니 애착」)며 시적
대상에 대한 경도된 애정으로 보여준다. 또한 「버선
양말의 반란」에서 "아무리 한 평생 밟히며 살아가는/
밑바닥 인생일지라도/ 속이 뒤집히면/ 한 번쯤은/ 확
들이받는다"며 시인 자신의 애증을 "걱정 마라 걱정
마라" 라는 까치의 울음처럼 유희적 상황인 Pun으로
전변시켜 강조하려 한다. 낯설게 하면서도 더 깊게 자
신의 의도를 보여주려는 시인의 특별한 시적 전략이
라고 할 수 있다.

　　　신천에서 걷기 운동을 한다
　　　걷기가 건강에 좋다는 소문이
　　　온 동네에 퍼진 것 같다

　　　이십 대 청년은 왼발을
　　　완전 바깥으로 벌려서 걸어가고
　　　삼십 대는 왼쪽으로 약간 벌려 걸어가고
　　　사십 대는 양팔을 휘저으면서 걸어가고
　　　오십 대는 허리를 뒤로 젖혀서 걸어가고
　　　육십 대는 고개를 숙이고 걸어간다

간혹 아랫배를 집어넣고 턱은 조금 당기고
눈은 정면 위를 보고
걸어가는 사람도 있다

허나, 다들 자기가 바른 자세로
멋있게 걸어가는 줄 알고
부지런히 걸어가고 있다
　　　　　　　　　　　－「걸음걸이」 전문

　시인은 이십 대, 삼십 대, 사십 대, 오십 대, 육십 대 사람들의 걸음걸이를 세심히 관찰해 보며 그 변별점을 기술한다. 시인이 면밀히 살펴본 바에 의하면 사람들이 나이에 맞는 각자의 체력으로 일정한 모습을 하며 길거리를 걸어가고 있음을 발견한다. 하지만 시인은 반드시 그런 것은 아니라며 자신의 견해에 스스로 이의를 제기하기도 한다.

　"간혹 아랫배를 집어넣고 턱은 조금 당기고/ 눈은 정면 위를 보고/ 걸어가는 사람도 있다"며 예외적인 경우를 제시한다. 그러나 그들도 "다들 자기가 바른 자세로/ 멋있게 걸어가는 줄 알고/ 부지런히 걸어가고 있다"며 시인은 그들이 착각하듯 살고 있지만 정

작 본인들은 자신이 잘못한 줄 모르고 있다고 여긴다.

시인은 사람들이 자신만의 고정된 인식을 보편적 인식으로 각자 자기가 옳은 것으로 착각하고 살고 있음을 주시한다. 인식의 보편성인 그 착각이 오히려 사람들에게 삶의 희망으로 작용하고 있음을 시인은 애써 강조하려 한다.

시인은 자신이 겪어낸 세상살이에서 "헛된 욕심과 악의 굴레에서 벗어나/ 이 세상 올 때 받은 그 마음으로 돌아가"(「제발, 더 늦기 전에」)기를 희구한다. 또한 시인은 "행복은 마음의 고향 텃밭을 일구는/ 시가 숨 쉬는 골목길로 동행"한다며 행복에 대한 자신의 의지를 내비쳐 보인다. 이 또한 시인이 볼 때 자신이 "멋있게 걸어가는 줄 알"며 살아가는 방식일 것이다.

    낙엽이 저리도 가슴을 붉게 물들일 수 있는 건
    지난날의 저린 아픔이 꽃으로 피었기 때문이다

    낙엽이 저리도 편안하게 떠날 수 있는 건
    걸어 온 길이 환하게 비쳐주기 때문이다

    낙엽이 저리도 발걸음이 가벼운 것은

서산에 붉게 물든 저녁노을로 가기 때문이다

낙엽이 저리도 쉽게 제 자리로 돌아갈 수 있는 건
마음의 비곗덩어릴 한 점 없이 비워냈기 때문이다

낙엽은 바람과 어떻게 저리도 정겹게 뒹굴 수 있
을까
그건 태고의 바람 숨소릴 알고 있기 때문이다

낙엽 타는 냄새가 저리도 향기로운 건
걸음마다 바친 절절한 기도가 타고 있기 때문이다
　　　　　　　　　　　　　　　－「낙엽」전문

　낙엽이 아름답게 채색된 이유에 대해 시인은 낙엽
이 지닌 다양한 의미를 궁구하는 일을 거듭한다. 궁
구 끝에 "낙엽이 저리도 가슴을 붉게 물들일 수 있는
건/ 지난날의 저린 아픔이 꽃으로 피었기 때문이"라
며 서두에서 자신이 본 낙엽의 의미에 단정을 내린다.
붉게 물든 낙엽을 보면서 가슴에 남모르는 아픔이 서
려있기 때문이라는 시인의 수사, 그만큼 감성이 풍성
한 시인임을 반증한다.

낙엽에 대해 "편안하게 떠날 수 있는" 사연과 낙엽의 "발걸음이 가벼운" 이유와 "쉽게 제 자리로 돌아갈 수 있는" 까닭에 대해 시인 자신의 관점에서 일면 타당하게 보이는 시적 결론을 내린다. 그 또한 시인이기에 허용되는 낙엽에 대한 수식이다.

바람에 의해 낙엽이 휩쓸리는 모습을 보며 시인은 "낙엽은 바람과 어떻게 저리도 정겹게 뒹굴 수 있을까" 의문을 던진다. 곁달아 시인은 "그건 태고의 바람 숨소릴 알고 있기 때문"이라고 낙엽의 근원적 속성을 파헤친다. 또한 "숨소릴 알고 있"다며 본래 시인과 낙엽이 하나일 수 있음을 가정하려 한다.

시인이 "낙엽 타는 냄새가 저리도 향기로운 건/ 걸음마다 바친 절절한 기도가 타고 있기 때문"이라는 단언 역시 본향에서 낙엽과 공존하는 "절절한 기도"가 함의되었기에 가능한 경지일 것이다. 이러한 경지는 낙엽을 관조하며 자연의 생멸에 대해 깊게 사유하며 성찰할 수 있는 마음이 닿아있는 세계다. 시인이 왜 낙엽에 대해 자신만의 깊은 관조와 통찰을 보여주는지 그 근거로 삼아야 할 것이다.

"사랑은 바다 같은 마음으로/ 별빛같이 바라보는 눈망울의 샘"(「사랑은 잘 익은 서정시다」)이라고 본 시인은 "외로움은/ 보랏빛 사랑 꽃피우는/ 내 몸의 신열이다"(「외로워하지 마라」)며 자신을 자연의 부분으로 여기려 한다. 역시 위의 시에서 낙엽을 대하는 것처럼 자연의 순리에 접응하는 것이다.

> 하느님 저에게도
> 매년 가로수 가지치기 하듯
> 깔끔하게
> 가지치기를 해 주시옵소서
>
> 이런저런 바람에 흔들리며
> 한 평생 살아온 가지를
> 안전히 잘라 내어
> 세상을 읽을 수 있는 눈에
> 햇살 들게 하옵소서
>
> 얽히고설킨 가지와 잎을
> 말끔하게 잘라 내어
> 오래 묵은 흰 슬픔의 뼈와 푸른 생각이
> 싱싱한 꿈의 날개를 펼쳐
> 맑은 하늘을 읽을 수 있도록

빛을 주시옵소서

하느님 저에게도
비너스처럼
사랑과 평화와 감사의
몸통만 남기고
말끔하게 가지치기를 해 주시옵소서
　　　　　　　　－「가지치기 1」 전문

　시인의 화자는 우리들 인간세계가 욕심으로 가득
차 있음을 간과하지 못한다. 시인은 나이가 들면서 자
신의 욕심 때문에 바르게 살아오지 못하고 온갖 세파
에 시달리며 살아왔음을 인식한다. 그러한 이유로 시
인은 욕심을 내치지 못하고 욕심을 늦게까지 끌어안
고 살았음을 뒤늦게 인지한다. 시인 자신이 그 욕심에
휘둘리며 살아왔음을 비로소 깨닫는다.

　시인은 자신의 의지로만 자신의 욕심을 억제하지
못한다는 사실을 절감한다. 그래서 그 해결 방법으로
하나님을 향해 간절히 기도해야 함을 절실한 요건으
로 받아들인다. 하나님이라면 "이런저런 바람에 흔들
리며/ 한 평생 살아온" 욕심의 가지를 주렁주렁 달고

있는 자신을 능히 "안전히 잘라 내" 주실 것임을 신뢰하고 싶은 것이다. 그러기 위해 시인은 "세상을 읽을 수 있는 눈에/ 햇살 들게"해 달라고 하나님을 향해 절실히 기도한다.

"얽히고설킨 가지와 잎을/ 말끔하게 잘라 내어"주기를 바라는 하나님에 대한 기원 속에는 "맑은 하늘을 읽을 수 있도록/ 빛을" 내려 달라는 희망사항이 깊게 내재되어 있다. 시인은 끝내 "사랑과 평화와 감사의/ 몸통만 남"겨주길 소망하며 자신에게 "얽히고설킨 가지와 잎을""말끔하게 가지치기를 해 주"기를 간구한다.

"하늘 모르고 뻗어가는 욕심의 가지를/ 한 번도 자르지 못했다"(「가지치기2」)며 시인은 살아가며 욕심을 그때그때 제어하지 못한 자신을 자책한다. 그래서 "주님의 기도문을 부여잡고/ 성모송을 지팡이 삼아"(「나의 길」) 하나님 말씀 그대로 여생을 살아갈 것을 결심한다. 욕심에 의해 굴곡진 생을 살아왔음을 반성하며 시인은 이제 자신의 생에 남겨진 욕심을 배제하면서 몸통만 끌어안고 여생을 '사랑과 평화와 감사'로 살려 하는 것이다.

4. 언어의 결집과 시적 미학

윤상화 시인의 시집 『하늘이 시리게 푸르른 까닭』은 시인의 굴곡진 삶의 흔적이 녹아들며 시인이 체험해온 주관적 시간의 해석과 성찰적 깊은 사유가 균일하게 배어있는 시집이다. 시집 안에서 시인은 진정성 있는 목소리로 자신의 상상을 덧붙여 자신이 추동하는 시세계를 있는 그대로 보여준다.

이처럼 시인은 자신을 성찰하면서 자신의 근원에 대해 긍정의 눈짓을 보내며 자신의 성장과정의 상흔도 포용한다. 시인은 자신의 어린 시절의 부정적 기억을 애써 떨쳐내고 밝게 묘사한다. 그 때문에 시인의 드러내는 시적 진술은 시인과 동시대를 경유해온 사람들에게 자신들의 과거 행적을 회상하게 하면서 동시에 깊은 동질감을 음미하게 한다.

시인은 자신이 설정한 시적 공간에서만큼은 자신을 새롭게 단장하려는 의지를 적극적으로 드러낸다. 투명하게 시적 대상의 속내를 보여주려 한다. 시인은 시적 대상을 자신만의 시각으로 깊게 사유하고 서정적 느낌을 발효시켜 상징과 은유를 적절하게 구사하며 유효한 시의 세계를 조명하는 것이다. 나름 자신의 시세계를 긍정적 시선으로 주시하고 확산하려 한다. 이러한 방식은 자기 존재 이유를 시로 확인하고 안도하려는 자기인식의 특별한 표현방식이라고 할 수 있다.

이번 시집에서 윤상화 시인은 자신이 쓰는 시의 발화와 시의 흐름에 대해 변화를 갖게 하면서도 자신의 본래 희구하던 본향에 대한 지향을 일관되게 유지하려 한다. 그만큼 시인은 자신의 근원에 자신이 추구하는 정서적 화합을 덧입히고 있다. 처음 강조했듯이 윤상화 시인의 시는 진솔한 바탕에서 출발한다. 진정성 있게 포용력을 갖고 대상을 우대하며 시를 쓰는 것이다.

향후, 윤상화 시인은 자신을 향한 근원적 지향으로 친화력 높은 좋은 시를 보여줄 것이다. 또한 존재 간의 유효한 결합과 미학을 드러내며 자신이 설정해놓은 시의 세계, 그 고지를 향해 전진할 것이다. 시인의 시세계가 진화를 거듭하여 시의 본령에 성큼 다가서기를 기원한다.

反詩시인선 016
하늘이 시리게 푸르른 까닭

펴낸날 | 2021년 12월 26일 초판 1쇄

지은이 | 윤상화
펴낸이 | 강현국
펴낸곳 | 도서출판 시와반시

등록 | 2011년 10월 21일 등록(제25100-2011-000034호)
주소 | 대구광역시 수성구 지산로 14길 83, 101-2408호
전화 | 053) 654-0027
전송 | 053) 622-0377
전자우편 | khguk92@hanmail.net

ISBN 978-89-8345-129-3   03800